メゾティント

mezzotint

Fujii Akari

藤井あかり句集

ふらんす堂

序句

さやけさの風の扉を押しにけり

郷子

目次

序句・石田郷子

メゾティント 7

あとがき 208

句集　メゾティント

扉を叩くための拳や春北風

藪椿静かとつぶやけば響く

鍵盤のかたへに忘れ春手套

春寒の便箋に字を沈めゆく

先に目を逸らした方が冴返る
眦を溢れて梅の枝垂れたり

鋏より冷たき枝や剪定す

こめかみの痛む薄氷割るるごと

淡雪や遥けく鳴りし体温計

春灯体温計を見るための

花辛夷声出して喉取りもどす

相傘に肩湿りゆく彼岸かな

沈丁や隣に眠る人の夢

目を閉ぢてから眠るまで木の芽雨

右ばかり靴紐解くる春野かな

君からはここが陽炎ひてゐるのか

夕暮の腑に響きくる雪解川

残雪を隔ててならば向き合へる

花時を互ひに目陰して会へる
一人去り二人恥ぢらふ春野かな

目隠しを取りたるやうに花の前

花疲れ書店の中の喫茶店

書きながら字の暮れてゆく桜かな

花冷のそのうち失くす傘と思ふ

一頭の蝶に曇天伸しかかる

柃の花知つてゐたはずの花

即興に春愁を弾き始めたる

春月や亡者に聞かすす独り言

春惜む自らを木と思ふまで

風に木が叫びかへして春尽くる

鍵盤に差せる水木の花の影

トリルとは水木の花を震はせる

薫風にダンパーペダル踏みかへる

初夏の逆光の実を捥ぎにけり

こんなにも朝が来てゐる樟若葉

夏兆すアロゼの匙を振りにけり

五月病とも前髪の翳りとも

面影といふは紫蘭をさびしめる

鳥たちも大瑠璃の声聴いてをり

浅沙咲く夢の中より夢らしく

傾きて翅青みたる糸蜻蛉

真清水を掬ぶ全身醒めにけり

滝音を胸の鼓動が打ち消しぬ
滝壺のたとへば君の底知れず

繋ぐには汗ばみてをる手なりけり

滝の前隣の人を忘れゆき

紫陽花の震へが唇に移る
人抱けば腕の中の青嵐

肘触れて香水瓶の倒れたる

さつきまで明日でありし灯取虫

色見本この朝焼の色はなく

飲みさしの梅酒と書きさしの手紙

受話器の向うに夏霧の湧いてゐる

胸指して此処と言ひけり青嵐

傘貸してくれし縁や沙羅の花

後に「草の花幸せにならねばならぬ　郷子」を賜る

雲の峰誰かを幸せにせねば

婚約ののちの照り降り水葵

どこにゐても虹を教へてあげるから

汗ばみてをり自画像の私も

夏雲にいくたび翳るカトラリー

押印のかたへに置かれアイスティー

幻聴か氷菓の溶けてゆく音か

荷を負ひて夏痩の肩だと思ふ

一人が二人に見えて日射病

七節のがくりと落ちし日の盛

救命の熱砂に膝をつきにけり

さざ波は何も沈めず青芒

末伏の闇から鴉剝がれけり

腕組みをする癖花火見るときも

間もなくと言つてからの間桐一葉

秋桜どれほど眠つたのだらう

忘れきし眼鏡に秋日差せる頃

白粉の花のもしくは目の歪み

秋蝶の映りたる気がして水面

二度会へば声憶えたり鳳仙花

爽やかにさういふときもあると言ふ

君の声消えて再び荻の声

次に会ふときまで手にと椿の実

長雨になりさうな秋の麒麟草

打つ音と染みゆく音や月の雨

またの世は行きずりの縁花野道

蝶々の脚の縺るる曼珠沙華

青松虫の声の染みたる頁かな

君のいま寂しがるらむ萩の風

蟋蟀に胸中を明け渡したる
虫の夜の底ひに電話鳴りにけり

裏返り裏返りつつ秋の声

芋の葉の遠くから胸塞ぎくる

野分中同じ気持ちでゐるといふ

電話の声以外は聞こえない野分

我の詩を初めて見せし日も野分

長き夜の二人眠らず眠らせず

まならは風の無き景濃竜胆

君に会ふまで竜胆は暗き花

霧よりも白々と水奔るなり

渡りきてはかなき橋や花芒

つむりゐる間もめまひ草の絮

踏み込みてこよ草の絮飛ばしつつ

落石のかへりたる音谿紅葉

山彦に我が名を呼ばせ秋の暮

夕闇に沈むはやさの烏瓜

倒木のなほ走り根の冷まじき

木犀やいつかと約しゐしが今日
またの世は綿虫同士にて会はむ

谷よりも深き胸底冬桜

どの音も我に轟く冬の山

抱きしむるとき顔見えず冬木立

団栗の冷たさを確かめてみし

岐れ道落葉の深き方を行く

朴落葉早く眠ると早く明日

一枚の葉の遮れる冬日かな

冬紅葉手を取りあへば堕ちてゆく

髪解きて鏡の中の暮早し

読み返す日記に躁や冬薔薇

頬凍てぬやうにと話し続けをり

寒禽の一声をもて突き放す

自らを撮る腕伸ばしきる枯野

もう一度呼べば振り向く枯野人

約束を交はすにはは息白すぎる

すれ違ふことのない木々十二月

チェイサーの後のひとくち枯木星

ロケットの冷たき蓋を開きけり

剝製の目に冬の灯の宿りたる

待合を出て室咲の残像よ

霜の夜の伴奏に声絡ませる

舞台より見る客席は冬の海

同じ場に佇てど冬景色が違ふ

言の葉のみな誤れる冬の滝

笹の葉のごとき皆寒に入る

退りつづけると切岸寒の雨

爪先に冬青草の尽きにけり

返信の届く早梅より早く

諸恋の証の梅を探りをり

立ち止まる人の影濃し寒菫

百合鷗夕日伝ひに降りてきし

凪に火の甦りつつ冬の暮

早春の波次々とひれ伏せる

眼から死にゆく魚や春の雪

一つづつ見失ひゆく桜貝

積み石のいつしか祈る春北風

喪ひしひとかずの草摘みにけり

蜷の道追ひ詰められてゐるごとし

初蝶の来る先触れの日差かな

眩しくて見えぬが猫柳である

鳥去りて羽ばたき残る春の川

猫柳手をあたためてから触れる

霞へと取つて返してしまふ人

眼鏡の奥の眼光凍返る

うつむくと胸翳りたる茅花かな

惜みつつほどくシニヨン春夕

春灯をやや暗くして読む手紙

返事書くまでの日数や春埃

コンケラー・レイドに花冷を記す

春雨や日を跨ぎつつ書く手紙

花冷の鏡の美容師に応ふ

はくれんを仰ぎ明せしごと疲れ

行間の伸びて縮みて目借時

切れ切れの眠りの中を春の川

MFICU

安静の安らかならず夕桜

花冷のランプの杳と倒れたる

病室に春の野をそのまま飾れ

菫草助けと救ひとは違ふ

消灯ののちの小さき春灯

晩春の風折のごと跪く

百千鳥さへ聞こえなくなる祈り
目の前の真っ暗闇にえごの散る

青葉木菟仮死から蘇るまでを

一面の白蛾と見えて壁白し

雨垂れも点滴剤も夏めける

卯の花がなだれ込まないやう瞑る

どこだらうかと緑蔭に目覚めたる

押し寄せてくる葉柳と後悔と

緑蔭にゐて自づから木に祈る

緑蔭にゐしはずが日の暮れてをり

呼ぶたびに灯る名前や若葉雨

癒えてきし日々を翡翠遡る

退院のあまりにもえご散りてをり

病室にレースカーテンの揺曳

紫陽花を生けてより日々過ぎやすく

梅雨深し燐寸は手のひらを照らし

短夜へ精油一滴垂らしけり

額の花写真の人のまなざせる

速報のつぎつぎ古び蟬時雨

断碑また蜥蜴の瑠璃が滑りこみ

反響か吠え返せるか青葉闇

角笛は闘ひし角南風

さはさはとざわざわと胸夾竹桃

蟻殺す二匹目も殺してしまふ

あなたには手を汚させぬ泉かな

雨後といふ小半時なり蓮の花

青葉騒栞の少し前から読む

スワッグをがさりと吊し晩夏光

風鈴の音はじめから狂ひゐる

夏の灯を消し音楽をまだ消さず

百日紅傷が傷跡になりゆく
汗ばみて仮想現実より戻る

残響に次ぐ残響や秋の蟬

秋暑し鳴りつつ歪む柱時計

まばたきの果の眠りや花芙蓉

秋蝶の翅より薄き瞼かも

言葉まだ持たざる心秋の虹

露けしやゆきどころなく磨く靴

つくりだす独りの時間蓼の花

静けさは虫の沈黙草の道

山茱萸の実に触れて手の蘇る

鰯雲再び勤めはじめたる

秋日差す相談室に風景画

秋の日にグラスの傷を確かむる

秋思の貌連写の中の一枚に

連弾の弱起なりけり秋灯

連弾の手を爽やかに差し交はす

網棚に置く花束や秋の雨

蔦の戸の開かれてゆくナラタージュ

秋の雨烈し映画の中よりも

まだ道に迷ひてをらず秋桜

君といつか杖を突きゆく花野かな

手廂を外したるとき秋燕

鶏頭にもう一度日の暮れにけり

胸に森その一本に鵙来る

夕鵙の声受け止める受け入れる

冷やかに雨より高き塔のあり

秋の雨図書館に皆気配消し

本重くなるまで付箋小鳥来る

読み方によつては悲劇銀杏散る

黄落を誰かのまなうらと思ふ

黄落期かけて長篇読み終はる

本を捨て本棚を捨て昼の虫

水引に響く扉を鎖す音

秋冷の鏡の我に出くはせる

林檎剝く眉間を昏くしてゐたり

虫時雨なるべく軽く書く手紙

封筒のなかの薄闇冬隣

躁のあと鬱のあと柊の花

生き急ぐ冬菜を洗ひゐるときも

工房に半ば暮らしぬ朴落葉

山茶花やいくたび訪へば通ふとふ

前髪の奥より眼枯野人

つむりたる瞼のずれや冬芒

冬薔薇に司祭のごとく歩み寄る

冬館ランプは光から古び

人参のグラッセに灯の映りをり
隠し絵に寒々と貌浮かびくる

鍵かけてより硝子戸の氷りゆく

からうじて現となりぬ冬の蝶

冬蝶のゆくへ睡眠導入剤

冬霧の深さ眠りの深さかな

ずれやすきピアノのカバー冬館

弾初を譜めくりの手が過りたる

スタインウェイ・ピアノ或いは冬銀河

弾き終へし十指が宙に冬灯

手袋に弾き終へし指包みけり

イヤホンを取り松過の街の音

悴みてをり指切りをするまでは
息白く我より長く生きろと言ふ

枯蔦を震はせて釘打たれけり

冬雲の流れゆくかた墓標立つ

寒林を抜け死後よりも安らかな

紅き実を紅く落ちたり霜雫

冴え冴えと鳶に見下ろされてゐる

胸に火の回る速さや冬河原

春浅き受話器に耳を圧しをり

唇も言葉も荒るる春北風

薄氷日向の移りゆく先の

標本にならざる蝶の飛び立てり

イヤホンの中の爆音凍返る

自らを偽る日記ヒヤシンス

白紙に補色残像春の雨

春の雨悼むでもなく黒を着て

春灯や明日の我に選ぶ服

灯を消せば水槽灯る朧かな

はくれんを目覚めの羽と記しおく

石火とは枝を離るる春の鳥

集合写真一人は春の雲を見て

菜の花や拭ふすべなき目の曇り

目つむれば鶯と我だけになる
君にまた初めて出会ひたき春野

春昼の消失点をまづ決める

花冷の時計に差せる針の影

沈黙の舌の分厚き日永かな

麗かに道化師の鼻転がりぬ

花時の空席に日の差してゐる

繰る度に頁の透けて花の昼

鹿の角落ちたる日から雨つづき

春雨や本閉ぢてある読書灯

雨傘の捨てどきにして夕桜

雨あとのごと桜湯の花残る

花にやや遅れて花人の翳る

次に来る日は花過の精神科

爪先の石落ちにけり花の谷

春愁のメタルマッチとナイフの背

花過の顔立ちが変はつたといふ

桜蘂降る硝子屋の窓硝子

昨年は病窓に見し燕

無くなりてをりぬ暖かかりし場所

藤の花くぐりて夕暮に出づる

紙が燃え字が燃えてをり春の暮

はつなつの言葉は私を鳴らす
アカシアの花を玻璃戸の傷越しに

葉桜や胸を押さふる人の像

緑蔭へおいでと覚えたての手話

我の子が傷つけし子の夏帽子

包帯を眩しくほどき新樹の夜

揚羽蝶立つ晴々と鬱々と

えご散つて覚えの道の行き止まり

掌に冷え切りてをり落し文

吊革に額打たるる梅雨入かな

ガーベラの束抱く胸に映すごと
夕焼の橋から花束を投ぐる

手紙でもいい電話でも青葉雨

傘よりもグラジオラスのしとどなる

馬に乗るとふ療法や青嵐

夏草を一人で行きたがる子かな

脱ぎたての靴のいきれや半夏生

夏野へと続く扉を塗り替へる

芽生えてきて黙しをる夏野かな

草取の何も寄せつけない背中

藪つ蚊を打つまでは目の澄みてゐし

夕刻の梅酒を毒のごと呷る

死ぬまでに筒鳥をあと何度聴く

真清水に最期の顔を映すべし

さよならのさの響きもて青葉風

モルヒネを打ち尽したる夕焼かな

青葉雨すぐには伝へざる訃報

大瑠璃の音楽葬となりにけり

人悼むときのみぞおち青嵐

虎鶫棺の中と同じ闇

自らに百日紅の日々を課す
独りにも蟻殺すことにも慣れて

凌霄やさして変はらぬ死後の景

砂埃消ゆれば馬や大西日

青葉木菟後からかなしみと気付く

喪の顔を照らし出したる冷蔵庫

家族みな寝静まりたる氷菓かな

鮮やかな夢より醒めて今朝の秋

ノンブルの上に秋の蚊打ちにけり

朝から一字も書けぬまま蜩

蜩と書きてインクの掠れそむ

手花火を終へ原稿に戻りたり

一雨の叩きつけたる盆の道

笑ひたくなるほど蟬の落ちてゐる

落蟬を雨打ちにけり押しにけり

秋雨や口より朽ちてゆく彫像

雨止みてからの雨だれ花木槿

藪枯し引けばはたてのなきごとし

燐寸擦るほどのすり傷霧時雨

足許に落ち雨冷の正誤表

近づくと憂き約束や蔦かづら

献花台失せたるのちを秋の蝶

死して得る名声のごとカンナ咲く

爽やかにいつでも旅立てるやうに

詰め寄るやうに花葛の正面に
その先の標は朽ちぬ葛の花

花野への道を教へてもらはねば
すれ違ふ秋風よりも颯と人

万の手の一つを握り花野ゆく

抱きとめし子の熱りや芒原

「秋水に幼な子の名を訊きかへす　郷子」に

立つ風と書きて子の名や露時雨

平時とは秋草をただ踏みてゆく

秋の灯に作品のまだ無題なる
口開けて己が言葉を待つ夜長

長き夜を読点ひとつ強く打つ

ひらめきて再び秋の灯をともす

秋冷の紙片に何らかの数字

皂莢はずつと求めてゐた形

涙ともならぬ酢橘を絞りけり

長き夜を誰かが迎へたる時効

秋水に真つ暗な顔映りゐる

洗ひたる手をまだ洗ひ秋の水

目の覚めるやうなかなしみ常山木の実

双眼も双眼鏡も冷え切りぬ

秋惜む双眼鏡を拭きながら

目の震へだして涙や冬紅葉

初冬の一束の文ほどの灰

炉話の影聳やかしゐたりけり

落葉道默をもて人黙らしむ

焔より始まる記憶枯蘆原

自らの背を知らず枯野人

冬枯の続く限りを行きたまへ

頂の寒さを知るために登る

眼澄み猟犬同士すれ違ふ

天狗巣の最も眩し冬の山

張られたるごとくに頬の凍つるなり

ほたほたと鳥降りてくる雪野かな

君にとっての雪が私の詩

子にいつか来る晩年や竜の玉

ただ側にただ息白くゐてくる

跪くとは両膝を冷たくす

凍星や合唱に聴く君が声

息白くカストラートのための歌

歌ひをる喉を冬の泉とも

深く腰掛くれば遠し冬薔薇

背凭れに風邪の心地を預けたる

風邪の目に活字のひとつひとつかな

底ひあり沼にもホットココアにも

一本の鉛筆百本の枯木
悴みてゆく索引を引くたびに

背表紙のずらりと凍ててありにけり

室咲の影に置かれしインク壺

いちにちに開く扉の数春隣

冬の虹忘れてそして忘れ去る

あとがき

いつもお導きいただき、この度は序句を賜りました石田郷子先生に、心よりお礼申し上げます。
また、お力添えくださいましたふらんす堂の皆様に感謝いたします。

藤井あかり

著者略歴

藤井あかり（ふじい・あかり）

一九八〇年　神奈川県生まれ
二〇〇八年　「椋」入会　石田郷子に師事
二〇一〇年　第一回椋年間賞
二〇一五年　第五回北斗賞　句集『封緘』（文學の森）上梓
二〇一六年　『封緘』により第三十九回俳人協会新人賞

著者　藤井あかり©　発行日　二〇二四年九月三〇日　初版発行
発行人　山岡喜美子　発行所　ふらんす堂　〒一八二―〇〇〇二
東京都調布市仙川町一―一五―三八―鍋屋ビル二―二F　電話
〇三（三三二六）九〇六一　FAX　〇三（三三二六）六九一九
URL　https://furansudo.com/　MAIL　info@furansudo.com
印刷製本　日本ハイコム㈱　装丁　和兎　定価＝本体二五〇〇円＋税
ISBN978-4-7814-1694-6 C0092 ¥2500E　落丁・乱丁本はお取替えいたします。

メゾティント

椋叢書41